Das „Steh-Auf" Weibchen

Lyane Bornkessel

Das „Steh-Auf" Weibchen

Bibliografische Information der Deutschen Nationalbibliothek:

Die Deutsche Nationalbibliothek verzeichnet diese Publikation in der Deutschen Nationalbibliografie; detaillierte bibliografische Daten sind im Internet über http://dnb.dnb.de abrufbar.

Herstellung und Verlag: BoD – Books on Demand, Norderstedt

ISBN: 978-3-839119518

4

Inhaltsverzeichnis

Die Ich-Erzählerin trifft im Alter von 17 Jahren auf ihren ersten Mann, der ihre Unerfahrenheit übel ausnutzt.

Sie lernt ihren nichts sagenden zweiten Ehemann, ein echtes Arbeitstier, kennen, der sie durch sein Verhalten in die Arme des charmanten Marionettenspielers Constantin treibt.

Trotz erfolgreicher Fortbildung bleibt die ersehnte Veränderung in der bisherigen Firma aus. Sie braucht Geld für ihre Tochter und nimmt einen Nebenjob an, der sie in unvorhergesehene Gefahr bringt.

Angefangene 40 sucht …

Corinna, ihre Tochter, überredet ihre Mutter sich
auf eine Kontaktanzeige zu melden. Mit viel Widerwillen
tut sie das ...

Der entführte Ehemann

Ihr dritter Ehemann gibt ihr den nötigen Halt und
Liebe, auf die sie schon jahrelang gewartet hat.
Durch widrige Lebensumstände setzt sie diese
Liebe aufs Spiel.

Eine folgenschwere Entscheidung

Der Tod ihres Vaters, der ihr stets Halt, Zuspruch
und bedingungslose Unterstützung gab, wirft sie
aus der Bahn. Unglaublich, durch welches Ereignis
sie wieder zurück in die Spur findet.

Pöppel

Mit ihrem Enkelkind Julchen, genannt „Poeppel",
erlebt sie, wie sich ein Kind scheinbar grundlos
von jetzt auf gleich von einem lieben Enkelkind
in einen zickigen kleinen Teufel verwandelt.

Das Feuermahl

Unsere Familie hatte in diesem Jahr den Urlaub am Gardasee in Italien verbracht. Mit meinen siebzehn Jahren hatte ich die ersten Flirterfahrungen gesammelt und sogar meinen ersten Kuss erhalten. Es war ein wunderschöner Urlaub, den ich nie vergessen werde. Völlig euphorisch begann ich nach diesem Sommerurlaub meine Lehre. Aber irgendwie hatte sich bei mir auch einiges verändert. Die Männer drehten sich nach mir um und ich genoss es sogar, dass der ein oder andere mir Komplimente machte. Ich machte mir meine Gedanken: fing so das Erwachsen werden an. Eine Woche nach meinem achtzehnten Geburtstag fuhren meine Eltern, mein Bruder und ich an die Ostsee, um noch die letzen Sommertage zu genießen.

An diesem Wochenende lernte ich meinen ersten Mann Paul kennen. Ich erfuhr, dass er zehn Jahre älter und Berufssoldat war. Mit seinen stattlichen 195 Zentimetern Körpergröße, seiner sportlichen Figur, seinem charmanten Auftreten und dem schönsten Lächeln, dass ich zu dieser Zeit kannte, hatte er mich ganz schnell eingewickelt.

Wir verabredeten uns und bald wurde mehr daraus. Ich war überglücklich. Wir hatten uns ineinander verliebt.

Da meine Eltern eine 7-Zimmer-Wohnung hatten schlief er an den Wochenenden, wenn er von der Kaserne zu Besuch kam, in unserem Gästezimmer. Meinem Vater war das alles nicht ganz geheuer. Nur mir zuliebe akzeptiert er Paul, da er sah, dass ich überglücklich war.

Hätte ich damals bloß mehr auf Papas „Bauchgefühl" geachtet. An einem Samstagabend, als Paul aus der Kaserne wieder einmal bei uns zu Besuch war, machten wir es uns in seinem Zimmer auf der Couch bei einem Glas Wein, Kerzenlicht und einem schönen Film gemütlich.

Plötzlich wurde Paul mir gegenüber zärtlich. Ohne überhaupt auf mich einzugehen, fiel er plötzlich über mich her. Wir schliefen das erste Mal miteinander. Es war für mich der blanke Horror. Andere Mädchen hatten immer erzählt, es wäre schön und es würde Spaß machen. Sogar meine Mutter hatte mir nur Gutes erzählt.

Für mich tat es höllisch weh und ich fühlte mich beschmutzt. Völlig verstört schlich ich mich anschließend in mein Zimmer und weinte mich in den Schlaf. So rücksichtslos hatte ich Paul noch nie erlebt. Oder war ich vielleicht gar keine richtige Frau?

Empfand nur ich das als Horror? Quälende Gedanken schossen mir durch den Kopf.

Am nächsten Morgen merkte meine Mutter mir an, dass mit mirirgendetwas anders war. Ich sprach mit niemandem darüber und ich vermied es, in den nächsten Wochen und Monaten mit Paul alleine zu sein.

An meinem neunzehnten Geburtstag, Paul hatte seine Militärzeitbeendet und einen sehr gut bezahlten Job als Spezial-Schweißer bekommen, hielt Paul um meine Hand an. Meine Eltern willigten ein.

Ein paar Monaten später, im März, zogen wir in eine schöne 3-Zimmer-Wohnung und heirateten kurz darauf. Es war eine wunderschöne Hochzeit und eigentlich war ich sehr glücklich.

In unserer Hochzeitsnacht, als Paul mit mir schlief, hielt ich einfach nur still, bis es vorbei war. Ich empfand nichts Schönes daran. Paul nahm sich einfach nur das, was ihm seiner Meinung nach zustand. Zärtlichkeit gab es dabei nicht. Für mich war es erniedrigend.

Wie ein Feuermal legte es sich auf meine Seele. Jedes Mal, wenn mein Mann mit mir schlief, wurde es größer. Irgendwann wurde ich schwanger und ich musste schweren Herzens meine Lehre aufgeben. Mein Mann freute sich, weil er hoffte, dass es ein Junge würde. Zu meiner Freude ließ mich mein Mann in Ruhe. Es war Balsam für meine Seele. Ich freute mich auf das Kind.

Als meine kleine Corinna, es wurde also ein Mädchen, geboren wurde, war ich total aus dem Häuschen. Meinem Mann aber gefiel das überhaupt nicht. Mit den Worten, „das kannst Du also auch nicht. Noch nicht mal einen Jungen kannst Du zur Welt bringen", holte er mich nach der Geburt aus dem Krankenhaus ab. Im Krankenhaus selber hatte er sich nicht blicken lassen, so enttäuscht war er gewesen.

Ganz selten beschäftigte er sich mit seiner Tochter. Immer öfter zog er mit seinen Kumpels um die Häuser und kam immer erst spät in der Nacht nach Hause. Ich tat immer so, als wenn ich schon schliefe.

Doch eines Nachts kam er wieder völlig angetrunken von seinen Streifzügen nach Hause, trat an mein Bett und schrie mich an: „Ich weiß genau, dass du nicht schläfst. Deine Schonzeit ist vorbei, ich will endlich einen Sohn! Meine Kumpels witzeln schon über mich!" Mit diesen Worten stürzte er sich auf mich. Ich wollte mich wehren, doch nun bezog ich das erste Mal Prügel von meinem Ehemann und er nahm mich mit Gewalt. Anschließend rollte er sich zu Seite und schlief ein. Ich lag die restliche Nacht wach, weinte in mein Kissen und dachte nur: „Wie gut, dass die Kleine so einen festen Schlaf hat und nichts mitbekommt". Am nächsten Morgen verschwand mein Mann, ohne ein Wort an mich zu richten, aus dem Haus. Ich war erleichtert.

Bei einer Tasse Kaffee ließ ich die letzte Nacht Revue passieren und war im Nachhinein froh, dass ich mir heimlich die Pille besorgt und an einem sicheren Ort versteckt hatte. Von diesem Monster wollte ich kein Kind mehr.

Da ich an diesem Tag mit meiner Mutter verabredet war, versuchte ich mit ein bisschen Make-up die Stellen im Gesicht abzudecken. Die blauen Flecken am Körper konnte ich gut unter meiner Kleidung verstecken. Meine Eltern sollten sich keine Sorgen machen, doch meine Mutter merkte irgendwie an meinem Verhalten etwas. Ich redete mich mit „schlecht geschlafen und Kopfschmerzen" raus.

Natürlich ging ich auch davon aus, dass es ein Ausrutscher von meinem Mann war und es sicherlich nicht wieder vorkommen würde. Doch ich wurde eines Besseren belehrt. Diese Angriffe von meinem Mann wurden immer öfter. Und das Feuermal auf meiner Seele wuchs stetig. Teilweise nahm es mir die Luft zum Atmen.

Die Besuche bei meinen Eltern wurden immer seltener. Ich erfand Ausreden, dass ich so viel mit Freundinnen und deren Kindern unterwegs wäre. Sie freuten sich für mich.

Ich ging kaum noch unter Leute. Nur mit meiner Tochter in Parks oder auf Spielplätze, wo mich keiner kannte.

Von der Frau eines Arbeitskollegen meines Mannes erfuhr ich, dass er nun eine Geliebte hätte. Seine rothaarige Chefin, die nichts anbrennen ließ, wie ich von der Frau erfuhr. Das Mitleid in den Augen der Frau konnte ich ablesen. Wir sollten uns mal wieder verabreden, meinte sie. Ich lächelte nur und wir trennten uns.

Eigentlich hätte ich mich gerne wieder mit der Frau getroffen. Sie wirkte sehr nett und einfühlsam auf mich. Vielleicht hätte ich ihr mein Herz über die Misshandlungen meines Mannes ausschütten sollen. Aber wer würde einer Frau ohne abgeschlossene Ausbildung und ohne Arbeit Glauben schenken? Jeder würde meinen, ich sollte doch lieber froh sein, so einen tollen Mann mit einer solchen Ausstrahlung und einem guten Beruf abbekommen zu haben. Das wäre garantiert der Tenor der Leute gewesen.

Über eine Trennung oder sogar Scheidung brauchte ich gar nicht erst nachzudenken. So etwas käme für mich niemals in Frage. Das wäre meinen Eltern gegenüber eine Schande und ich schämte mich, weil mein Vater mit seinem Bauchgefühl recht hatte. So vertraute ich mich niemanden an und blieb mit meinen Ängsten alleine.

An diesem Abend kam mein Mann mit einer Überraschung nach Hause.

Er schloss die Wohnungstür auf und rief mir zu: "Komm mal raus, ich will Dir was zeigen!" Er schritt ganz stolz mit mir ein paar Schritte auf die Straße. Vor mir stand ein Zweisitzer-Sportwagen. Ich war entsetzt. Unsere schöne geräumige Limousine hatte er gegen einen unpraktischen Zweisitzer eingetauscht. Er sah mein entsetztes Gesicht. "Ja, schau nicht so. Hab` von Dir sowieso kein Verständnis erwartet. Ich brauch eben was Flottes, was so richtig zu mir passt. Du kannst ja mit Bus und Bahn fahren, hast ja am Tage Zeit genug." Er lief anschließend wie ein verliebter Gockel, der um seine Henne kreist, um sein Auto herum. Ich hatte dafür kein Verständnis und ging zurück in die

Wohnung. Mein Mann rief noch etwas hinter mir her, stieg in seinen Wagen und brauste davon.

Eine Woche später war es mal wieder so weit. Eigentlich hatte ich gehofft, da er nun eine Geliebte hatte, würde er mich in Ruhe lassen. Aber weit gefehlt.

Er kam angetrunken gegen 22 Uhr nach Hause schritt auf mein Bett zu und riss mir die Decke weg. Ich drehte mich um und schrie ihn an: „Was willst du von mir?! Lässt Deine Geliebte Dich nicht mehr ran oder brauchst Du das, dass Du mich demütigen und kaputt machen kannst?" Doch bevor ich mich versah, hatte er mich geschlagen.

Wie ein Irrer stürzte er sich auf mich, riss mir das Nachthemd runter und vergewaltigte mich aufs Brutalste. „Ich werd' Dir zeigen, wer hier der Herr im Haus ist," schrie er mich an. Ich ließ alles über mich ergehen. Irgendwann hörte ich nur noch die Wohnungstür zuknallen.

Eine Weile lag ich regungslos da. Plötzlich hörte ich meine kleine Tochter im Nebenzimmer vor sich hin plappern. Ich stand auf und ging zu ihrem Bettchen. Als ich mich über sie beugte, tropfte Blut aus meiner Nase auf die Bettdecke meiner Tochter. Nun wusste ich, was zu tun war. Ich bekam panische Angst um meine

Tochter, dass er sie auch mal aus irgendeinem Grund schlagen würde.

Ich musste einen kühlen Kopf bewahren. Da meine Tochter mit ihrem Spielzeug beschäftigt war, ging ich unter die kalte Dusche. Anschließend gab ich ihr etwas zu essen und suchte den Umschlag mit unseren Ausweisen sowie mein Sparbuch. Alles zusammen verstaute ich unter der Matratze des Kinderwagens. Ein paar Sachen zum Anziehen für mich und meine Tochter verpackte ich in eine Tasche und legte diese in den Ablagekorb unterm Kinderwagen. Mittlerweile war es kurz vor Mitternacht.

Wir mussten uns nun beeilen, da ich nicht wusste, wann mein Mann zurückkommen würde. Wir verließen die Wohnung mit schnellen Schritten – wir waren auf der Flucht. An der Bushaltestelle angekommen, stellte ich fest, dass kein Bus mehr fuhr. Also machte ich mich zu Fuß durch die dunkle Nacht auf zur Wohnung meiner Eltern.

Um kurz vor ein Uhr nachts kam ich dort an. Nach kurzem Klingeln öffnete meine Mutter und nahm mich entsetzt in die Arme. Mein Vater kam herbei, konnte kaum ein Wort herausbringen und wollte sofort die Polizei anrufen.

Ich musste in dem Moment sehr schlimm ausgesehen haben. Doch ich hielt ihn davon ab, musste meinem Vater aber versprechen, am nächsten Tag den Arzt aufzusuchen, was ich auch tat.

Am nächsten Morgen wurde an der Haustür Sturm geklingelt. Vor der Tür stand mein Mann. Mein Vater öffnete die Tür einen Spalt ohne den Sicherheitsriegel zu entfernen. „Ist meine Frau bei Euch?" brüllte er meinen Vater an. "Natürlich, und sie wird auch nicht zu Dir zurückkommen." „Sie ist meine Frau und wenn ich sie mit Gewalt zurückholen muss." „Verschwinde!" sagte mein Vater, „sonst holen wir die Polizei und Deine Frau zeigt dich wegen Misshandlung und Gewalt in der Ehe an."

Plötzlich lachte mein Mann wie ein Irrer auf. „Behalt' Deine frigide Tochter, die einem Mann nicht das geben kann, was er braucht." und entfernte sich weiter lachend.

Das Feuermahl brannte wie wild auf meiner Seele und ich konnte kaum atmen. Mein Vater fing mich gerade noch auf, da mir schwindelig wurde und ich fast umgefallen wäre. Es hat lange gedauert, bis meine Wunden verheilt waren.

Monate später, ich hatte die Scheidung eingereicht, klingelte es plötzlich am frühen Morgen an der Wohnungstür. Mein Vater öffnete vorsichtig die Tür. Zwei Polizisten standen vor der Tür und fragten nach mir. Sie teilten mir mit, dass mein Mann sich mit seinem Wagen tot gefahren hätte. Neben ihm hätte seine Chefin gesessen.

Wie eine Irre lachte ich auf und lief mit den Worten in mein Zimmer: „Der rote Teufel hat meinen Mann mit in die Hölle genommen!"Die Polizisten waren total verwirrt und mein Vater musste in aller Ruhe den Hintergrund erklären. „Warum hat ihre Tochter ihren Mann nicht angezeigt? Gewalt in der Ehe ist strafbar," erklärte der eine Polizist. „Meine Tochter war alles nur peinlich. Sie hat sich unendlich geschämt. Warum weiß ich nicht. Sie hätte sich uns schon viel früher anvertrauen können.

 Sie wollte jetzt nur noch schnell die Scheidung und hatte mit der „noch nicht Anzeige" ein Druckmittel gegen ihren Mann in der Hand," antwortete mein Vater. Sein Gesicht wirkte sehr traurig. Wahrscheinlich, weil ich mich ihm nicht schon früher anvertraut hatte. Die Polizisten verabschiedeten sich und gingen.

Ich lag nebenan auf meinem Bett und atmete tief durch. Das Feuermahl war erloschen.

Die Marionette

Schon wieder hatte ich die Nachricht erhalten, dass der Montage-
aufenthalt von meinem Mann um einen weiterer Monat verlän-
gert wurde. Ich war enttäuscht. Genau zu meinem Geburtstag.
Eigentlich müsste ich daran schon gewöhnt sein, dass mein Mann
wochenlang, sogar monatelang nicht nach Hause kam. Doch an
solchen Tagen, wie zu meinem Geburtstag, tat es manchmal doch
ein bisschen weh. Mein Mann Werner und ich hatten uns vor drei
Jahren kennengelernt und vor einem Jahr geheiratet. Aus der Ehe
mit meinem verstorbenen Mann Paul brachte ich meine kleine
Tochter Corinna mit. Es war eine harmonische Ehe.

Doch irgendwann erfuhr ich durch die Kollegen meines Mannes,
dass er das mit der Treue auf Montage nicht so ernst nahm. Da
mein Mann und ich in der gleichen Firma arbeiteten, kam mir so
einiges zu Ohren. Ich war außer mir vor Wut. Ich dumme Kuh bin
treu, gehe kaum zu Firmenfesten, geschweige denn zu privaten
Feiern oder Veranstaltungen und der Herr amüsiert sich unterwegs.

Als ich mich nach einiger Zeit beruhigt hatte, fasste ich einen
folgenschweren Entschluss: Ich würde den Spieß umdrehen.
„Was du kannst, mein Lieber, das kann ich auch!"

Ich verabredete mich immer öfter mit Kollegen und Freundinnen und ging aus. Es gefiel mir gut. Meine Tochter ließ ich bei meinen Eltern. Sie ging auch sehr gern zu ihnen. Nun konnte ich auch endlich was erleben, ohne ein schlechtes Gewissen haben zu müssen.

Dann lernte ich „ihn" auf einer Geburtstagsfeier kennen. Constantin. Dieser Mann zog mich sofort in den Bann und er war sich dessen auch bewusst. Er war nicht sehr groß, doch er wirkte auf Frauen wie ein Magnet. Constantin war acht Jahre älter als ich und wusste diese Erfahrung gezielt bei mir einzusetzen. Hals über Kopf verliebte ich mich in ihn. Die Folge war, dass ich mit meiner Tochter aus unserem Haus ausgezogen war, als mein Mann von der Montage heimkehrte.

Zunächst wohnte ich bei meinen Eltern und suchte mir ganz schnell eine eigene kleine Wohnung. Constantin half mir, wo er nur konnte. Nur meine Tochter und mich bei sich in seinem Haus einziehen lassen, das wollte er noch nicht. Er hatte sich erst vor einem halben Jahr von seiner Frau getrennt und fand es nicht gut, dass ich sofort mit meinem Kind dort einzog.

Verliebt bis über beide Ohren dachte ich mir nichts dabei. Er verstand es immer gut, mich um den Finger zu wickeln.

Es vergingen Wochen und Monate. Mal blieb er bei mir, mal blieb ich über das Wochenende bei ihm. Nach meiner Scheidung, dachte ich, wird sich etwas ändern und ich könnte bei ihm einziehen, denn ich war frei. Er packte es wieder in schöne Worte und redete sich wie immer heraus. Meinte, es wäre doch gut, so wie es im Moment ist. Constantin war immer noch nicht geschieden.

Nach zwei Jahren, ich war mittlerweile 31, wurde ich von ihm schwanger. Mit seiner Frau wollte er nie Kinder haben. Aber mit mir würde es sicherlich anders sein, dachte ich. Von Constantin wusste ich, dass er eine schlechte Kindheit hatte. Von einem Heim zum anderen. Nie hatte er mir die Hintergründe erzählt. Die Kindheit hatte ihn geformt. Trotzdem hatte er es zu etwas gebracht: er war Teilhaber einer Architekten Firma und hatte sich vor drei Jahren ein wunderschönes Haus gebaut indem er, jetzt getrennt von seiner Frau, alleine lebte.

Vor lauter Freude bereitete ich uns ein schönes Abendessen. Ich war überzeugt, er würde sich freuen. Aber weit gefehlt. Nach unserem Essen erzählte ich ihm die freudige Nachricht. Er rastete völlig aus und immer wieder betonte er: „ ich möchte keine Kinder." Gerade heute wollte er mir mitteilen, dass ich mit meiner Tochter zu ihm ziehen solle. Aber unter der Prämisse, niemals!!!

Ich war geschockt. Nachdem er geschlagene 20 Minuten auf und ab, hin und her gelaufen war, blieb er abrupt vor mir stehen. Mit einem kalten leeren Blick sagte er ganz leise und sehr eindringlich: „ Lass dieses Kind wegmachen. Überleg es Dir gut. Du wolltest immer zu mir ziehen. Nun kannst Du es. Es gibt aber nur das eine oder das andere. Das Kind oder ich."

Mit diesen Worten lief er aus der Wohnung und schlug die Tür hinter sich zu. Ich rang nach Luft und war wie benommen. Die Tränen liefen in Strömen und waren nicht mehr zu stoppen. Nach einiger Zeit konnte ich wieder halbwegs klar denken. Was war passiert? Ein völlig fremder Constantin stand vor mir und machte mir die Hölle heiß. Ich konnte es nicht fassen. Hatte ich mich so in ihm getäuscht?

In den nächsten Tagen war ich oft mit den Gedanken woanders. Ich redete mit niemandem darüber. Es war mir alles wahnsinnig peinlich, da ich Constantin überall gelobt und in den höchsten Tönen von ihm geschwärmt hatte. Nach einiger Zeit der Ungewissheit fasste ich den Entschluss, unser Baby wegmachen zu lassen. Constantin hatte sich seit dem Tag, an dem er aus der Wohnung gestürmt war, nicht mehr gemeldet. Ich liebte ihn wahnsinnig, man könnte im Nachhinein von Hörigkeit reden. Wie ein Puppenspieler hielt er die Fäden seiner Marionette, meiner Person, in der Hand und spielte nach Belieben. Erst Jahre später erkannte ich, was ich alles hatte mit mir machen lassen.

Unter dem Vorwand, dass ich etwas mit der Gebärmutter hätte, ging ich ins Krankenhaus. Meine Eltern waren sehr besorgt und fragten immer wieder, ob sich Constantin auch gut um mich kümmern würde. Sie ahnten nichts. Meine Tochter wusste ich bei meinen Eltern in guten Händen. Der Eingriff dauerte nicht lange, schnell war alles erledigt: unser Kind gab es nicht mehr. Für die Ärzte war es Routine, für mich der blanke Horror.

Nach ein paar Wochen stand plötzlich Constantin mit einem wunderschönen Strauß roter Rosen vor mir. Ich verzieh im alles und zog mit meiner Tochter bei ihm ein. Die Marionette hing wieder an ihren Fäden, bereit für die nächste Vorstellung.

Zwei Jahre gingen ins Land. Unser Verhältnis wurde immer gleichgültiger. Nicht von meiner Seite, aber von seiner Seite aus. Ich liebte ihn nach wie vor abgöttisch und verstand die Welt nicht mehr, als er immer später nach Hause kam und mich nur noch wie eine bessere Putze behandelte. Keine Zärtlichkeit mehr, kein Sex und nur wenige Worte, die wir mit einander wechselten.

Meine Tochter bekam immer mehr mit. Sie war mittlerweile 13 Jahre. Manchmal sagte sie ganz leise zu mir: „ Mama, lass uns weggehen, er tut Dir nicht gut. Du gehst kaputt. Oma und Opa würden uns sofort aufnehmen, wenn sie das alles wüsten." Sie hatte recht. Gestärkt von den Worten meiner Tochter, fasste ich den Entschluss.

Wir waren an einem Samstagabend bei meiner besten Freundin, die ich schon seit der Schulzeit kannte, zum Geburtstag eingeladen. Ich wollte sie nicht vor den Kopf stoßen, indem ich absagte.

Also gingen Constantin und ich hin. Es braucht im Moment niemand von allem zu wissen. Die Marionette spielte Theater. Nur meine Tochter hatte ich am Nachmittag in meinen Plan eingeweiht. „ Pack unsere Koffer, während wir bei der Geburtstagsfeier sind. Oma hab ich schon eingeweiht, wir ziehen heute Abend aus. Ich kann nicht mehr. Ein Taxi hab ich für 22 Uhr bestellt. Bis dahin sind wir zurück." Meine Tochter strahlte mich an und umarmte mich erleichtert.

Alles klappte wie am Schnürchen. Constantin war geschockt. Noch nie habe ich ihn so hilflos gesehen. Irgendwie war es für mich eine Genugtuung.

Meine Tochter und ich nahmen uns eine hübsche kleine Wohnung. Noch Wochen ja sogar Monaten nach unserem Auszug versuchte Constantin mich immer wieder zurückzubekommen. Es gelang ihm aber nicht mehr, die Marionette hatte ihre Fäden endgültig durchtrennt.

Jahre später heiratete ich einen sehr einfühlsamen wunderbaren Mann mit zwei Kindern. Es wurde eine nette kleine Patchworkfamilie aus uns und ich war sehr glücklich. Zu dieser Zeit erfuhr ich auch von früheren Nachbarn, die neben Constantin wohnten und mich immer fast wie eine Tochter gemocht hatten, dass auch er zwischenzeitlich geheiratet und sogar drei Kinder hatte. Ich war von den Socken und konnte es anfangs kaum glauben.

Weitere Jahre gingen ins Land und ich erhielt durch Bekannte die Nachricht, dass Constantin schwer an MS erkrankt sei und vielleicht nur noch wenige Monate zu leben hätte. Ich konnte nicht anders und musste ihn einfach anrufen. Wir hatten uns die Jahre zuvor total aus den Augen verloren.

Er freute sich riesig über meinen Anruf und dass ich ihn nicht vergessen hätte. Leider konnte ich ihn teilweise ganz schlecht verstehen, da ihm das Sprechen durch seine Krankheit schon sehr schwer viel. Nach einer Weile fragte ich ob ich ihn besuchen könnte. Er verneinte. Ich sollte ihn doch so in Erinnerung behalten, wie ich ihn zuletzt gesehen habe. Als ich nach einer Weile aufgelegt hatte, weinte ich bitterlich. So ein Schicksal hatte auch er nicht verdient.

Am Abend sprach ich mit meiner Tochter darüber. Sie war die einzige die alles wusste und mit der ich darüber reden konnte. Mittlerweile hatte sie selber eine kleine Tochter. „ Mama", sagte sie, „Du bist einfach zu gut für diese Welt. Darum lieb ich Dich auch so sehr. Ich bin heute noch stolz auf Dich, dass Du den Absprung damals geschafft hast. Für das, was Constantin Dir angetan hat, hat er nichts anderes verdient." Mit diesen Worten nahm mich meine Tochter ganz fest in den Arm und hielt mich für eine Weile eng umschlungen.

Meine Tochter sagte immer laut, was sie dachte und sehr oft hatte sie damit recht.

Im Schatten der Nacht

Geschafft! Ich hielt mein Prüfungszeugnis als Industriekauffrau in der Hand. Eineinhalb Jahre Stress lagen hinter mir. Neben meinem Beruf besuchte ich jeden Tag die Abendschule. Nun hatte ich den nächsten Baustein für meinen beruflichen Werdegang in meiner Firma gelegt. Es wird zwar noch eine paar Wochen, vielleicht sogar Monate dauern, aber ein super Job in meiner ersehnten Abteilung wurde mir schon in Aussicht gestellt.

Doch bis es soweit war, musste ich noch finanziell über die Runden kommen. Ich war schließlich nicht alleine. Meine Tochter Corinna nahm einen großen Platz in meinem Leben ein. Wir hatten gemeinsam schon so vieles überstanden, also

würden wir auch das meistern. Meine Tochter war kein Kind mit hohen Ansprüchen. Aber das Geld für eine Klassenreise musste verdient werden und eventuell auch ein paar neue Klamotten angeschafft. Aber woher nehmen und nicht stehlen?

Meine Eltern wollte ich nicht bitten. Die hatten mir schon während der Schulzeit sehr viel geholfen, in dem sie meine Tochter in der Woche bei sich behielten und ich dadurch

lernen konnte.

Da fiel mir eine Anzeige unserer Regionalzeitung in die Hände:

„Suche Bedienung für Abendstunden hinter dem Tresen unserer Bar". Adresse und Telefonnummer stand dabei. Ich kannte diese Bar. Es war eine richtige Szenebar. An manchen Wochenenden traten sogar Musikgruppen dort auf.

Gesagt getan. Ich brachte Corinna zu meinen Eltern und machte mich auf den Weg.

Die Bar machte schon ab 18.00 Uhr auf. Als ich eintrat, stand ein riesengroßer, sehr beleibter Mann hinter dem Tresen. Es war noch nicht viel los und ich ging auf den Mann zu. Er machte auf mich einen sehr lieben väterlichen Eindruck und erweckte eine Vertrautheit in mir, als wenn ich ihn schon ewig kennen würde.

Ich ging auf ihn zu und fragte nach dem Job, der in der Zeitung stand.

Er bat mich, mit ihm nach hinten in sein Büro mit zu kommen. Dort stellte er sich mit seinem Vornamen Kurt vor, da es so üblich bei ihm wäre, dass sich alle duzen. Er wäre der Chef.

Ich nannte ihm meinen Namen. Wir kamen ins Gespräch und ich erzählte ihm meine Beweggründe, warum ich jobben gehen müsste. Er fand es super, dass ich die Hände nicht in Schoß legen würde, sondern mein Leben anpacken und alles selbst in die Hand nehmen würde. Solche Menschen würde er fördern und gerne um sich haben wollen.

Wir vereinbarten ein Probearbeiten am nächsten Abend. Ich glaube, die Sympathie war auf beiden Seiten.

Ich stylte mich am nächsten Abend auf. Da ich naturkrause lange Haare hatte, sah es wie eine Löwenmähne aus, wenn ich mein Haar in Form brachte. Ein sehr kurzes schwarzes enges Kleid streifte ich über und stieg in meine super hohen High Heels in denen ich problemlos stundenlang gut laufen konnte.

Mein Spiegelbild und das erstaunte „super" von meiner Tochter stimmten mich zufrieden. Auf los ging's los. Meine Nachbarin passte an diesem Abend auf meine Tochter auf, so konnte ich beruhigt meinen neuen Job antreten.

Aus diesem Probearbeiten wurde ein fester Nebenjob. Ich war glücklich, endlich ein bisschen Geld zu haben, um meine Tochter zu verwöhnen und mir das eine oder andere auch zu gönnen.

Kurt war wie ein Vater zu den Mädchen, die bei ihm arbeiteten. Er passte auch super auf und wenn einer von den Männern zudringlich wurde schmiss er ihn raus und derjenige bekam Lokalverbot.

Eines Abends nahm mich Kurt beiseite und warnte mich vor dem „Stammtisch". Es waren immer die gleichen Männer die sich so gegen Mitternacht dort trafen, viel tranken und sich dumme Witze erzählten. Sie sahen alle sehr gut aus. Die Männer flirteten auch immer reichlich mit uns Mädchen. Sehr viel Trinkgeld gab es von denen auch. Wenn es Kurt zu toll wurde ermahnte er sie sehr lautstark und sie gaben dann Ruhe.

Einer von ihnen, er hieß glaub ich Pascal, hatte ein Auge auf mich geworfen und Kurt hatte es mitbekommen. Eines Abends nahm mich Kurt zur Seite und erzählte mir, dass es Männer wären, die in einem stadtbekannten Gebäude ihre Edelnutten für sich „arbeiten" ließen. Es gab dort Wohnungen, in denen diese Mädchen anschaffen mussten.

Ich dankte Kurt für diesen Hinweise und versprach ihn, mich vorzusehen.

Doch Pascal ließ nicht locker. Eines Abends, ich wollte gerade Getränkenachschub aus den hinteren Räumen holen, drehte ich mich um und Pascal stand mit einem super charmanten Lächeln dicht hinter mir.

Es täte ihm in der Seele leid, dass sich eine so wunderschöne Frau so abschuften müsste. Wenn ich für ihn arbeiten würde, könnte ich das Dreifache ja vielleicht Vier- oder Fünffache verdienen. Bei der Figur und dem Aussehen. Und ließ seinen Blick über meinen Körper schweifen.

Ein Schauer des Ekels lief über meinen Rücken und ich schrie ihn nur an, dass ich lieber putzen gehen würde, als für ihn zu arbeiten.

In dem Moment erschien Kurt auf der Bildfläche und fragte was hier los wäre.

Die kalten Augen, die Pascal mir zu warf, ließen mich Schweigen und ich eilte schnell an die Theke zurück.

Kurt hakte später nochmal nach, was da los gewesen sei, aber ich schwieg weiter. Ich bekam die kalten drohenden Augen von Pascal nicht mehr aus dem Sinn. Kurte machte sich den ganzen Abend Sorgen um mich. Wie im Trance arbeitete ich an diesem Abend weiter.

Als Pascal endlich die Bar verließ, fiel mir ein großer Stein vom Herzen und ich konnte meine Schicht befreit zu Ende bringen.

Als ich um 4.00 Uhr morgens die Bar verließ, atmete ich erleichtert die frische Morgenluft tief ein und machte mich auf den Weg zum Bahnhof, wo die Taxen standen.

Es war ein ereignisreicher Abend. Die Aktion von Pascal ging mir nicht mehr aus dem Kopf und ich kam zu dem Entschluss, mich am nächsten Abend Kurt anzuvertrauen.

Ganz in Gedanken wollte ich um die nächste Ecke biegen, doch ich hörte ein Wimmern und eigenartige Klatschgeräusche, die immer lauter und das Wimmern immer kläglicher wurden. Doch was ich dann sah, als ich vorsichtig um die Ecke schaute, ließ mir das Blut in den Adern gefrieren.

Pascal stand breitbeinig vor einer Frau und schlug wie wild auf sie ein. Dann sagte er drohend zu der Frau: „Wenn du nicht mehr leistest in Zukunft, schicke ich dich zur Süderstrasse. Du weißt, was das für dich bedeutet! Nicht mehr deinen Arsch in der warmen Bude wärmen, sondern die Füße plattstehen. Habe sowieso einen heißen Feger aufgetan. Die arbeitet bei Kurt. Eine geile Löwenmähne und einen heißen Körper. Dann war's das für dich!" Und er schlug weiter auf die Frau ein. „Oh Gott", dachte ich, „er sprach von mir!"

Ganz leise zog ich meine Schuhe aus, damit niemand das Klappern der hohen Absätze hörte und lief, als wenn der Teufel hinter mir her wäre, über kleine Umwege zum Taxistand.

Dort angekommen, schmiss ich mich auf den Rücksitz des nächst besten Taxis und rief dem Fahrer zu er sollte bitte los fahren, ich hätte etwas Grausames gesehen und miterlebt. Der Fahrer beruhigte mich erst mal und versuchte von mir ein paar klare zusammenhängende Worte herauszubekommen.

Zwischendurch meinte er immer wieder, ich sei bei ihm in Sicherheit. Als ich langsam wieder klar im Kopf wurde, erzählte ich den Fahrer, was ich gesehen hätte und er verständigte per Funk die Polizei. Er fragte ganz fürsorglich, ob mir was passiert wäre oder ob er mich zum Krankenhaus fahren sollte. Ich verneinte. Er fuhr los und ich schwieg für den Rest der Fahrt.

Zu Hause angekommen, bedankte ich mich bei dem Taxifahrer und bat ihn meinen Namen bei der Polizei nicht zu erwähnen, da ich vor diesem Typen Angst hätte. Er würde es versuchen, meinte er daraufhin, und wünschte mir alles Gute.

Oben in meiner Wohnung angekommen, riss ich die Badezimmertür auf und übergab mich. Zu sehr hatte mich das Erlebte an meine grausame erste Ehe erinnert. Das Jammern der Frau und das Klatschen der Ohrfeigen hallten in meinem Kopf nach.

Als ich ins Wohnzimmer kam, guckte mich meine Nachbarin, die dort auf mich gewartet hatte, ganz erstaunt an und fragte, ob der Leibhaftige hinter mir her wäre.

Ich erzählte ihr kurz, was passiert war. Nach einer Weile und einem großen Glas Cognac hatte ich mich einigermaßen beruhigt.

Noch lange lag ich wach und fasste dann einen Entschluss.

Für den nächsten Abend meldete ich mich krank und bat Kurt bei diesem Telefonat um ein persönliches Gespräch.

Wir unterhielten uns bei diesem Gespräch lange über das, was ich in dieser Nacht erlebt hatte. Kurt erwähnte beiläufig, dass ihm zu Ohren gekommen wäre, dass Pascal verhaftet worden wäre.

Doch ich kündigte unter großem Bedauern von Kurt.

Lange Zeit danach ging ich abends nicht mehr aus oder war im Dunkeln unterwegs. Das Erlebte hatte alte Wunden aufgerissen, die nun wieder heilen müssten.

Mit der Liebe zu meiner Tochter würde ich es schaffen.

Angefangene vierzig sucht ……

Es war einer von diesen schönen Sommerabenden, an denen meine Tochter und ich bei Kerzenlicht auf unseren Balkon saßen und wir uns über dies und das unterhielten. So ein Mutter-Tochter-Abend, den wir beide immer sehr genossen.

Meine Tochter hatte wieder einmal eine von ihren glorreichen Ideen im Kopf, die sie mir an diesem Abend mitteilte.

Sie meinte, ich müsste mal wieder unter Menschen und mir vielleicht mal einen Mann anschaffen, der mich aus meinen Angstgedanken an die Erlebnisse der Vergangenheit befreit.

Ich verdrehte die Augen. Und fand ihre Idee zunächst einmal ziemlich doof und gab ihr zu verstehen, dass ich das eigentlich gar nicht möchte.

Aber sie ließ nicht locker, bis sie ihren Kopf durchgesetzt hatte und ich ihr zuhörte. Der Apfel fällt leider nicht weit vom Pferd.

Sie zeigte mir einige Kontaktanzeigen aus unserer Lokalzeitung.

Ich stöhnte leise vor mich hin und dachte: „Auf was hast du dich jetzt eingelassen!"

Wir lasen etliche Anzeigen durch. Ich fand die meisten übertrieben und teilweise auch richtig blöd.

Doch eine stach aus dem Ganzen heraus.

„Angefangene 40 sucht Frau für nette gemeinsame Stunden". Darunter eine Chiffre Nummer. Ganz schlicht und einfach kam diese Anzeige rüber.

Unter Aufsicht meiner Tochter verfasste ich einen ebenso schlichten aber alles aussagenden Brief: „Habe sehr viel Böses in meiner Vergangenheit erlebt und möchte einfach mit einem lieben Mann glücklich sein und dabei alles Vergangene vergessen können."

Meine Tochter schaute mich traurig an und ihre Augen sprachen Bände: „Ob er sich darauf meldet, bei diesen traurigen Zeilen?"

Nach einer Woche, wir hatten schon gar nicht mehr daran gedacht, ging abends das Telefon und ein Stimme meldete sich am anderen Ende: „Hallo hier spricht die angefangene 40, du hattest mir zwar einen traurigen aber wiederum sehr schönen Brief geschrieben. Hast du Lust mich kennenzulernen?"

Ich bekam zunächst kaum ein Wort raus. Meine Tochter schaute mich mit großen Augen an. Ich sagte zu und freute mich nach dem Telefonat gemeinsam mit meiner Tochter über die Antwort auf den Brief. Die angefangene 40 und ich verabredeten uns für den nächsten Samstag gegen 20.00 Uhr im „Treppchen", einem kleinen Weinlokal. Woran würde ich ihn erkennen? Er meinte, dass er mein Bild hätte und mich deshalb findet.

Der Samstag nahte und ich war total aufgeregt, wusste nicht so recht was ich anziehen sollte und ging meiner Tochter tierisch auf die Nerven. Die grinste immer nur vor sich hin.

Meine Tochter schlief bei ihrer Freundin an dem Abend und ich konnte in aller Ruhe den Abend genießen und warten was auf mich zu kam.

Um 20.00 Uhr betrat ich das „Treppchen". Es war noch nicht viel los. Ich setzte mich zu einer Frau an einen Tisch, die dort ganz alleine saß und ihren Wein genoss. Wir kamen ins Gespräch und klönten so über das eine oder andere Frauenthema. Es war ganz lustig mit ihr. Doch dann musste sie los und ich blieb alleine am Tisch zurück. Zwischendurch hatte ein großer schlanker Mann den Raum betreten. Ich konnte ihn aus den Augenwinkeln beobachten. Er sah toll aus! Jeanshemd dazu Jeanshose. Braun gebrannt und dazu ein Goldkettchen. Seine dunklen Haare mit den leicht grauen Schläfen passten super zu seinem markanten Gesicht. Er hatte sich an die Bar gesetzt und ein Bier bestellt.

Nachdem die Frau nun gegangen war, bemerkte ich wie dieser Traum von einem Mann sich langsam vom Barhocker erhob und sich an meinen Tisch setzte mit den Worten: „Ich bin die angefangene 40." Begleitet mit einem breiten Grinsen um seine Mundwinkel, das ihn noch attraktiver erscheinen ließ.

Mein Herz machte Purzelbäume und ich konnte zunächst kaum ein paar Worte herausbringen. Doch er strahlte so viel Ruhe aus, dass der Abend wunderschön und sehr unterhaltsam wurde.

Er wurde den ganzen Abend nie aufdringlich oder ähnliches, was mir sehr imponierte.

Mit seinem Auto brachte er mich nach Hause und verabschiedete sich mit einem zarten Kuss auf die Wange bis zum nächsten Date.

Am nächsten Tag berichtete ich meiner Tochter von dieser doch etwas zurückhaltenden Begegnung.

Sie meinte dazu, dass er sich total super bei mir verhalten hätte und sehr einfühlsam gewesen wäre. Alles andere hätte ich sowieso nicht zugelassen, bei meiner Vorgeschichte. Meine Tochter hatte wie immer recht und wir warteten auf das nächste Date.

Wir trafen uns ab diesem Tag immer öfter und unternahmen auch viel. Ich erfuhr, dass er zwar noch verheiratet wäre und zwei Kinder hätte, eine Tochter und einen Sohn, aber in Scheidung lebe. Meine Tochter lernte er auch kennen, die von Anfang an sehr angetan von ihm war und sie kam auch sehr gut mit ihm zu recht. Doch ich traute dem Frieden nicht.

Auf einem Samstagnachmittag hatten wir uns zum Schwimmen verabredet. Ich hatte mich beim Umkleiden beeilt und war schon ins Schwimmbecken gesprungen.

Aus der Umkleidekabine trat „er", meine angefangene 40. Eine super bunte Badehose (sowas hatte ich bis dahin noch nicht gesehen), braun gebrannt und das Goldkettchen um den Hals. Wie der Papageno aus der Oper „Die Zauberflöte" sah er aus. Die Frauen drehten sich nach ihm um und ich hatte zum ersten Mal das Gefühl, dass ich ihn nie für mich alleine hätte.

Der Nachmittag war für mich gelaufen. Ich beendete nach dem Schwimmen unser Date unter dem Vorwand, dass es mir nicht so gut ginge. Er hatte wie immer Verständnis.

Ich berichtete meiner Tochter von diesem Nachmittag. Die brach in schallendes Gelächter aus und bekam sich nicht wieder ein. Sie meinte nur, ich hätte wirklich gelitten mit meinen ganzen Geschichten der Vergangenheit. Das sieht doch ein Blinder, dass der ganz harmlos ist und sehr einfühlsam. Natürlich achtete er sehr auf sein Äußeres und kleidet sich gut. Aber das ist doch nichts Verwerfliches. Und ich bräuchte mich nun wirklich nicht verstecken. Bei der Figur könnte ich es sowieso mit den meisten Frauen aufnehmen. Meine Minderwertigkeitskomplexe sollte ich langsam an den Nagel hängen. Ich schmunzelte vor mich hin. Meine Tochter hatte ja recht. Vielleicht sehe ich hinter allem immer nur das Schlechte und genieße viel zu wenig das Schöne im Leben. Für das nächste Wochenende hatten wir uns mit meiner „angefangenen 40" und seinem Sohn zum Spieleabend bei uns verabredet.

Es wurde eine wunderschöner Abend, den meine Tochter und ich sehr genossen. So leicht und unbeschwert hatte ich mich seit langem nicht mehr gefühlt.

Das eine oder andere Mal trafen sich unsere Blicke. Sehr liebevoll und warm schaute er mich dann an und ich fand bald meinen inneren Frieden.

Als dann beide an diesem Abend gegangen waren, setzte sich meine Tochter zu mir und meinte: „So einen tollen liebevollen Vater hätte ich auch gerne gehabt. Aber es ist mir ja nie vergönnt gewesen. Ach was soll's dafür hab ich eine tolle Mutter!"

Doch dabei guckte sie etwas wehmütig drein.

Einen tollen Vater konnte ich ihr nicht herbeizaubern. Aber vielleicht gab es ja eine Zukunft mit einem tollen Stiefvater?

Dieser Papageno, wie ich ihn zu Anfang nannte, hatte seine Papagena gefunden und wurde zwei Jahre später mein Mann.

Der entführte Ehemann

Total entspannt saß ich auf meiner Hollywood-Schaukel in unserem Kleingarten, den wir vor circa fünf Jahren gepachtet und in all den Jahren mit viel Liebe und Arbeit nach unserem Geschmack gestaltet hatten.

Lindi, unsere kleine Jack-Russel Hündin, lag zusammengerollt neben mir und döste vor sich hin. Mein Mann war zum Nachtangeln gefahren und ich hatte es mir mit einem Glas Wein auf der Schaukel gemütlich gemacht. Es war ein Tag vor unserem 24. Hochzeitstag. Ich lachte kurz auf und dachte auch gleich in dem Moment – mein Gott, wenn dich jetzt jemand gehört oder gesehen hätte, der würde auch denken, das ich nicht ganz klar im Kopf bin. Aber wenn ich an die Ereignisse vor 19 Jahren denke …

Eine sehr turbulente Zeit lag hinter meinem Mann und mir. Ein dreiviertel Jahr vor unserem fünften Hochzeitstag hatten wir unsere große Wohnung verkauft, die etwas außerhalb von Hamburg lag und das Anmieten einer neuen kleinen Wohnung innerhalb Hamburgs hat sich als sehr schwer herausstellt. Unsere Kinder waren aus dem Haus und wir wollten die große Wohnung nicht mehr behalten. Wir verkauften unsere Möbel und fanden in der kleinen 2-Zimmer-Wohnung meiner Tochter Unterschlupf. Zur gleichen Zeit wechselte ich zusätzlich meinen Job. Eine sehr aufregende und interessante Arbeit, die mich total forderte.

Bis heute weiß ich nicht, warum alles so gekommen ist: Mein Mann zog sich immer mehr zurück. Wir redeten kaum noch miteinander, stritten viel und gingen kaum noch gemeinsam irgendwo hin. Ich zog immer mehr mein eigenes Ding durch und merkte nicht, dass wir uns immer mehr voneinander entfernten. Es war natürlich auch kein Zustand für drei Erwachsene in einer 2-Zimmer-Wohnung.

In meiner neuen Firma war alles Bestens. Schnell hatte ich mich eingearbeitet und fand auch bald Anerkennung bei meinem Chef und den neuen Kollegen.

Besonders einer der neuen Kollegen, mit dem ich auch zusammenarbeitete, hatte bald ein Auge auf mich geworfen. Er fing an, ein bisschen mit mir zu flirten. Zunächst zögerlich.

Doch bald wurde es mehr. Meine Kolleginnen warnten mich vor ihm. Aber ich meinte dann immer, „ ich bin doch verheiratet ein wenig Appetit holen kann nicht schaden", und

eilte dann immer lachend davon. Nichts ahnend, was bald auf mich zukam.

Patrick, so hieß der besagte Kollege, lud mich irgendwann ganz unverbindlich zum Essen ein. Natürlich unter dem Vorwand, un-

42

ser neues Projekt in Ruhe zu besprechen. Er war auch ein paar Jahre jünger als ich. Und es gefiel mir auch, dass er mich interessant fand.

Schon bald wurde eine Affäre daraus, die ich nicht mehr unter Kontrolle hatte. Meinen Mann belog ich, dass sich die „Balken bogen". Irgendwann hielt ich es nicht mehr aus und ich sagte ihm die Wahrheit. Am nächsten Tag verließ er die Wohnung und zog zu seiner Mutter.

Nach ein paar Wochen ging mir Patrick auf den Geist. Zusätzlich erfuhr ich durch den „Flurfunk" in der Firma, dass er schon wieder eine Neue am Start hatte.

Zwischendurch hatte ich mich immer öfter mit meinen Mann getroffen. Wir redeten viel miteinander und sahen ein, dass wir beide viele Fehler gemacht hatten. Nach dem letzten Treffen beschlossen wir, es noch mal miteinander zu versuchen. Es überschlugen sich nun die Ereignisse. Patrick hatte ich ganz schnell aus meinen Gedanken gestrichen. Heute weiß ich noch nicht einmal, warum ich mich für so einen „möchte gern Casanova" interessiert hatte. Meinen Mann konnte der sowieso nie das Wasser reichen.

In der Zeitung fiel mir eine interessante Stellenausschreibung ins Auge und ich bewarb mich. Mein Mann und ich fanden eine kleine 2-Zimmer-Wohnung und buchten sogar für ein paar Tage Urlaub auf Gran Canaria.

Nach der Rückkehr aus unserem Urlaub hatte man sich aus der neuen Firma gemeldet. Zu meinem Glück, konnte ich auch beruflich dort einen Neuanfang starten.

Der Tag unseres fünften Hochzeitstages kam immer näher. Und wir wollten, dass er für uns beide unvergesslich wird. Da mein Mann nicht so ein Organisator war, freute er sich natürlich, dass ich das in die Hand nehmen wollte. Es waren nur noch acht Wochen Zeit! Und plötzlich kam mir die Idee …

In der kleinen Kirche in unserem Bezirk, wo wir seit kurzem wohnten, gab es eine sehr aufgeschlossene Pastorin. Ein Termin war schnell gefunden. Die Chemie stimmte zwischen uns beiden und nach einer kurzen Schilderung, warum ich meinen Mann zum fünften Hochzeitstag mit „so etwas" überraschen wolle, willigte sie freudig ein. Die kurze Trennung zwischen meinem Mann und mir sollte durch eine kirchliche Trauung neu besiegelt werden. Natürlich ohne meinem Mann von den Vorbereitungen und was auf ihn zukam, zu erzählen. Nur meine Eltern und meine Tochter wurden von mir eingeweiht.

Mein Mann fragte nun immer öfter, je näher der Hochzeitstag kam „ na hast Du Dir schon was Schönes ausgedacht?" „Wart's ab", antwortete ich mit einem unschuldig drein blickenden Gesicht.

Am frühen Vormittag unseres Hochzeitstages legte ich meinem Mann seinen guten Anzug raus und meinte, er solle sich zur Feier des Tages besonders schick anziehen. Wir würden an einen ganz besonderen Ort fahren. Im Gesicht meines Mannes standen ab diesem Zeitpunkt nur noch Fragezeichen.

Um 11.00 Uhr fuhren wir los. Da es eine Überraschung für meinen Mann sein sollte, fuhr ich unser Auto. Gut eine dreiviertel Stunde chauffierte ich meinen Mann durch die hübsche Landschaft um unseren kleinen Vorort von Hamburg herum, plappert munter darauf los und erzählte meinem Mann viele nebensächliche Dinge. Die Fragezeichen wurden immer

größer. Wir näherten uns gegen 11.45 Uhr der schrägen Auffahrt zu unserer kleinen Kirche. Mein Mann verstummte und rutschte immer tiefer in den Beifahrersitz. Als wir um die letzte Biegung zum Vorplatz der Kirche fuhren, wurde der Blick auf den Eingang der Kirche frei.

Da standen sie: Meine Eltern, meine Tochter und nicht zuletzt die sympathische Pastorin. Alle mit einem breiten Grinsen im Gesicht. Den Wagen hielt ich direkt vor dieser kleinen Gruppe an. Die Beifahrertür wurde von der Pastorin geöffnet, mein Mann stieg sehr langsam und bedächtig aus und ahnte wohl jetzt, was auf ihn zukam.

Mit den Worten: „ Na, Herr Hansen, Überraschung gelungen? Ich kann Sie auch jetzt erst fragen, ob Sie Ihre Frau erneut heiraten wollen", sagte sie etwas spitzbübig „ Jo", antwortete mein Mann. Zu mehr war er im Moment nicht fähig.

Zwischenzeitlich war ich auch aus dem Auto gestiegen und hatte mich an die Seite meines Mannes gestellt. Er nahm mich ganz vorsichtig in den Arm, als könnte er die Atmosphäre dieses Augenblicks durch ruckartige Bewegungen zerstören und flüsterte leise in mein Ohr „ Ich glaube, nun werden wir unsere Silberhochzeit gemeinsam erleben ", und lächelte mich nun doch etwas verschmitzt an.

Seit diesem Tag sind 24 Jahre vergangen - und ich freue mich schon auf das nächste Jahr: unsere Silberhochzeit.

Eine folgenschwere Entscheidung

Wer nicht daran glaubt, dass zwischen Leben und Tod etwas existiert, das der Mensch noch nicht erforscht hat, sollte diese Geschichte vielleicht nicht lesen ... oder jetzt erst recht.

Wir schreiben das Jahr 2002. Meine Tochter Corinna war mit ihrem ersten Kind schwanger. Ich war überglücklich. Das erste Enkelkind!

Zur gleichen Zeit wurde mein Vater immer komischer und zog sich mehr und mehr aus dem Leben zurück. Heute denke ich, es hatte etwas mit seiner schweren Kriegsverletzung zu tun, die ihm im Alter immer mehr Schmerzen verursachte und seine Bewegungsfreiheit stark einschränkte. Er ging immer seltener spazieren, machte nur noch Kreuzworträtsel oder schaute Fernsehen. Meine Mutter traute sich kaum noch aus dem Haus, da sie Angst hatte, ihn für längere Zeit allein zu lassen.

Mit dieser plötzlichen und drastischen Wandlung meines Vaters konnte ich überhaupt nichts anfangen. Mein Vater, dieser stattliche Mann, zu dem ich immer aufgesehen hatte und der mir immer mit Rat und Tat zu Seite gestanden hatte, wirkte so abwesend. Ich verstand ihn nicht mehr. Immer häufiger stritten wir uns. Es waren meistens Kleinigkeiten. Aber es ärgerte mich, dass er nicht mehr richtig am Leben teilnahm und dadurch sein Urteilsvermögen immer schlechter wurde.

Auch in der Woche vor dem 11. September hatten wir unsere Meinungsverschiedenheit über das Attentat in New York. Ich ging die folgenden Tage nicht mehr zu meinen Eltern. Es hatte keinen Zweck, dachte ich, wir würden uns doch nur wieder über dies oder das in die Haare kriegen. Eine folgenschwere Entscheidung.

Am 11. September klingelte morgens um 7 Uhr das Telefon. Meine Mutter war in der Leitung. Völlig verstört fragte sie mich, ob ich mal rüber kommen könnte. Papa läge so komisch im Bett und ließe sich nicht ansprechen. Mit einem unguten Gefühl ging ich sofort nach nebenan zu meinen Eltern. Die Wohnungstür wurde von meiner Mutter geöffnet und ohne einen Guten-Morgen-Gruß rauschte ich an ihr vorbei direkt ins Schlafzimmer, beugte mich über meinen Vater und schrie meine Mutter an: "Ruf einen Krankenwagen!"

Ich setzte mich auf die Bettkannte, nahm meinen Vater in den Arm und rief immer wieder: „Papa wach doch auf! Antworte mir doch!" Die Tränen rannen mir in Strömen über das Gesicht. In dieser Haltung fanden mich die Sanitäter, die mittlerweile eingetroffen waren. Ganz sanft und vorsichtig zog mich einer der Sanitäter von meinem Vater weg und sagte leise: „Er kann Ihnen nicht mehr antworten, er ist eingeschlafen." Völlig verstört lief ich durch die Wohnung und schrie immer wieder: „Er ist nicht Tod, ich hab' mich doch gar nicht von ihm verabschiedet." Erst als sie mir eine Beruhigungspritze gaben, kam ich zur Ruhe und Verstand nun erst was passiert war.

Die nächsten Wochen verliefen wie in einem Traum. Die Beerdigung und alles drum herum nahm ich nicht richtig wahr. Ich konnte es nicht fassen: ohne sich von mir zu verabschieden, war er einfach so gegangen.

In der folgenden Zeit lastete der Tod meines Vaters sehr schwer auf mir. Immer öfter wurde ich krank. Es waren nur Kleinigkeiten, aber sie schwächten meinen Körper so sehr, dass ich eine Kur antreten musste. Während dieser Kur vertraute ich mich einer Psychotherapeutin an. Sie war eine sehr nette und verständnisvolle Frau. Ihr erzählte ich von meinem Kummer über den Tod meines Vaters. Vor allen Dingen über den Streit mit meinem Vater, erzählte ich ihr und dass ich mich gar nicht mehr mit ihm versöhnen konnte, da alles so plötzlich und unerwartet kam. Sie ging sehr einfühlsam auf alles ein und wir konnten sehr viel

Kummer bewerkstelligen. Gut erholt kam ich wieder zu Hause an. Mein Mann, meine Tochter und vor allen Dingen das neu geborene Enkelkind halfen mir weiterhin alles gut zu verarbeiten.

An einem wunderschönen sonnigen Tag hatte ich mich einen Moment zum Mittagschlaf hingelegt.

Noch im Halbschlaf nahm ich plötzlich wahr, dass es in der Ecke am Fenster ganz hell wurde. Mein Gott, dachte ich noch ganz verschlafen, die Sonne meint es aber heute gut.

Doch was ich dann erlebte, kann man kaum in Worte fassen. Das Licht wurde immer größer und aus der Mitte heraus kam eine Gestalt auf mich zu. Es war mein Vater. Er trug seine mir bekannte beige Hose und sein Lieblingshemd. Ich stand auf und ging auf ihn zu. „Mein Töchterchen, ich war Dir doch nie böse. Dachtest Du, ich würde gehen ohne mich von Dir zu verabschieden?" Mit diesen Worten nahm er mich in seine Arme, wie er es immer getan hatte und entfernte sich anschließend wieder von mir, um in den hellen Schein zurückzukehren.

Völlig erstarrt und mit Gänsehaut auf meinem ganzen Körper saß ich kerzengerade im Bett. Die Tränen rannen mir in nicht enden wollenden Bächen über die Wangen. Es waren Glückstränen. Mein Papa hatte sich verabschiedet und nun seine Ruhe gefunden – und ich auch.

Pöppel

Pöppel ist meine Enkeltochter und heißt eigentlich Julchen. Für mich ist und wird sie immer etwas Besonderes bleiben. Ihr meint jetzt: das denken alle Omas über ihre Enkelkinder! Aber ihr werdet merken, dass sie wirklich „speziell" ist.

Schon ihre Geburt war für mich denkwürdig: einen Tag bevor sie geboren wurde, starb mein Vater. Freud und Leid liegen dicht beieinander, fiel mir zu diesem Ereignis ein.

Julchen war von Anfang an ein sehr großes Kind mit sehr großen Füßen. Aber sehr herzig und fröhlich. In den nächsten Wochen, Monaten und Jahren war sie immer die Größte in ihrem Alter. Sogar der Schnuller, den sie als Baby hatte, war außergewöhnlich und groß. Ein dicker brauner Kautschuk Schnuller ragte aus dem kleinen runden Kindergesicht mit den großen blauen lustigen Augen hervor und passte genau zwischen Nase und Kinn. Mit den kleinen Haarstoppeln sah sie wirklich aus wie „Pöppel" aus der Fernsehserie „ Die Simsons".

Im Alter von zwei Jahren änderte sich bei Julchen etwas: Sie fing aus irgendeinem Grund an, keiner weiß bis heute warum, richtig schlimme Wutattacken zu bekommen. Brüllen, Trampeln, weinen. Alles auf einmal. Es dauerte immer sehr lange bis meine Tochter sie beruhigen konnte und sie dann sehr erschöpft und völlig verändert wieder lieb war. Meine Tochter konnte immer gut damit umgehen. Sie meinte immer ganz gelassen: „Ach, es ist wieder so weit, Pöppel hat wieder ihren Gehirnfurz." Ich konnte zunächst gar nicht damit umgehen und litt sehr darunter. Von meiner Tochter kannte ich solche Aussetzer überhaupt nicht.

Als Julchen drei Jahre alt wurde, verlor ich meinen Job. Meine Tochter bekam die Chance, in ihrem alten Job wieder einzusteigen und sich sogar zu verbessern. Es war also Glück im Unglück. Ich hatte keine Zeit über den verlorenen Job nachzudenken. Julchen forderte mich total. Vier Tage in der Woche war sie von morgens bis abends bei mir. Auch bei mir bekam Pöppel ihre Anfälle. Wie hilflos ich mich dabei fühlte, könnt ihr euch vorstellen.

Irgendwann kam die Idee, sie mit meinen kleinen Geschichten, die ich selber erfand und die sie so sehr liebte, abzulenken. Ich startete also während einer ihrer Wutattacken den Versuch: „Oh,

Julchen was würden die drei kleinen Schweinchen sagen, wenn sie dich jetzt so sehen würden?" Schlagartig stoppte das Gebrüll und sie starrte mich aus ihren großen blauen verweinten Kinderaugen an. Das ging nun gar nicht, dass ihre drei kleinen Freunde aus Omas Geschichte sie so erlebten. Sie schluchzte noch ein wenig, hörte aber dann sehr gespannt einem neuen Erlebnis der drei kleinen Schweinchen zu. Das Ablenkungsmanöver klappte nicht immer, aber immer öfter.

Julchen wurde vier Jahre alt und in diesem Jahr starb ihre Oma Trudi - meine Schwiegermutter - zwischen Weihnachten und Neujahr. Eigentlich hieß sie Hiltrud, aber Julchen konnte diesen schweren Namen nicht aussprechen und machte daraus Oma Trudi. Diese kleine zierliche Oma mit den weißen Haaren der hohen Stirn und der dicken großen Hornbrille auf der Nase, die in der Mitte mit einem Klebestreifen zusammen gehalten wurde, hatte Pöppel in ihr Herz geschlossen. Das beruhte natürlich auf Gegenseitigkeit. Oma Trudi zeigte nie so nach außen ihre Herzlichkeit. Aber wer sie kannte, wusste, dass sie ihr Herz auf dem rechten Fleck hatte.

Julchen litt sehr unter dem Tod ihrer Oma. Sie begriff gar nicht, was der Tod bedeutet. Oma Trudi war nicht mehr bei ihr, sondern bei den Engeln. In der ersten Zeit fing Julchen oft an zu weinen, wenn sie das Bildchen von Oma Trudi auf ihrem Nachttisch in ihrem Zimmer sah. Sie kuschelte sich dann oft bei ihrer Mutter oder mir in die Arme und sagte dann ganz traurig und leise „Omamama ich vermiss Oma Trudi sehr, aber ich glaube, sie hat es gut bei den Engeln." Omamama das bin ich, so nennt mich Pöppel. Wahrscheinlich weil ich in ihren Augen Oma und Mama Ersatz zugleich war. Mit vielen kleinen Geschichten gelang es mir, Julchen etwas darüber hinwegzuhelfen.

Im darauf folgenden Jahr flogen wir im Mai mit Julchen nach Gran Canaria in den Urlaub. Die erste Woche verlief völlig problemlos. Aber in der zweiten Woche, an einem schönen sonnigen Morgen, merkte ich schon: Oh, oh heute ist Zicken-Tag angesagt! So langsam steigerte es sich zu einer ihrer Wutattacken herauf. Es half noch nicht einmal eine von meinen kleinen Geschichten. Unter Schluchzen sagte sie dann plötzlich ganz leise: „Ich vermiss Oma Trudi, die hat mich verlassen."

Wie aus einer Eingebung heraus, ergriff ich meine Chance. „Aber nein", sagte ich „Oma Trudi ist immer bei dir. Wie kommst du darauf, dass sie dich verlassen hat? Auch jetzt ist sie hier bei dir. Weißt du was? Ich hab eine Idee! Opa sucht eine passende Saftflasche und wir schreiben Oma Trudi einen Gruß auf einen Zettel. Dann stecken wir ihn in die Flasche und schicken ihn mit den kleinen Ariellen auf dem Wasser zu ihr." Die Ariellen sind kleine Wassernixen aus einer Geschichte, die ich ihr am Tag zuvor erfunden und erzählt hatte. Gesagt getan. Ich schrieb ein paar Zeilen auf einen Zettel und Julchen malte ein paar Herzen dazu. Opa fand eine geeignete Flasche, wir steckten den Zettel hinein und verschlossen die Flasche gut. Auf ging's zum Strand. Julchen war wie ausgewechselt und total aufgeregt. Auf dem langen Landungssteg gingen wir bis zum Ende hinaus. Da mein Mann, also Julchens Opa, sehr weit werfen konnte, erlaubte sie ihm die Flasche ganz weit auf das Meer hinaus zu werfen. Julchen war glücklich und warf noch ein paar Kusshändchen hinterher. „Meinst Du, dass Oma Trudi mir bald antworten wird?" fragte Julchen. „Warten wir's ab", antwortete ich.

Zwei Jahre gingen ins Land. Zum Ende der Sommerferien fuhren wir mit Julchen in den Urlaub nach Cuxhaven. Die Zicken und Wuttattacken waren immer seltener geworden und es hatte sich eine schöne Atmosphäre entwickelt. Der Urlaub war super. Und mitten in diesem Urlaub ereignete es sich: Wir hielten uns schon einige Zeit am Strand auf. Opa hatte zum Schutz vor der Sonne ein kleines Zelt am Strand aufgebaut. Julchen maulte ein wenig, weil das Wasser so weit zurückgegangen war und sie nicht baden konnte. Es war sehr heiß an diesem Tag. Plötzlich kam Julchen angelaufen „Omamama, das Wasser kommt wieder, endlich können wir baden!" „Geh' schon vor, ich komme gleich nach, aber pass auf", rief ich ihr hinterher.

Kurze Zeit später, ich war gerade dabei meinen Badeanzug anzuziehen, kam Julchen aufgeregt mit einem Gegenstand in der Hand angelaufen. Als wir dieses „Etwas" vom Dreck befreit hatten, kam eine Flasche zum Vorschein. Mein Mann versuchte mit einem Messer, dass er immer bei sich trug, die Flasche zu öffnen. Nach etlichen Anstrengungen gab der Verschluss nach. Julchen schüttete aufgeregt den Inhalt heraus. Es war ein kleiner weißer Zettel. Nicht größer als DIN A5. „Ließ doch endlich vor Omamama!" forderte mich Julchen total neugierig auf. Nun selber etwas aufgeregt las ich mit Spannung die Nachricht aus der Flaschenpost:

„Mein liebes Kind! Wo immer Du bist, wo immer Du sein wirst, ich bin und werde immer bei Dir sein. Deine Oma"

Wer immer diese Frau war, sie hatte ein kleines Kinderherz glücklich gemacht. Julchens Oma Trudi hatte geantwortet und sie nicht vergessen.